Ta książka należy do

Narrator Krzysztof Zakrzewski
Kubuś Jan Kociniak
Prosiaczek Mirosław Wieprzewski
Tygrys Jacek Czyż
Królik Ryszard Nawrocki
Kangurzyca Joanna Jeżewska
Maleństwo Zosia Jaworowska
Pan Sowa Włodzimierz Bednarski

Tekst polski Krystyna Skibińska-Subocz i Joanna Serafińska
Wersja polska Sun Studio A/S Oddział w Polsce
Dźwięk i montaż Maria Kantorowicz i Paweł Łuczak

Hupaj-siupaj-łupaj-cupaj (02:10)
Wykonanie: Jacek Czyż i Zosia Jaworowska
Muzyka i słowa: Richard M. Sherman i Robert B. Sherman
Tekst polski: Marek Robaczewski
Kierownictwo muzyczne: Marek Klimczuk
© 1999 Wonderland Music Company, Inc. (BMI). All Rights Reserved.
℗ 2005 Walt Disney Records

Based on the "Winnie the Pooh" works, by A.A. Milne and E.H. Shepard
© Disney
℗ 2008 Walt Disney Records

For the Polish edition
© 2008 Ameet Sp. z o.o.
ul. Przybyszewskiego 176/178, 93-120 Łódź – Poland
tel. (4842) 676 27 78
www.ameet.com.pl

ZAiKS/BIEM

To jest opowieść z filmu
„Tygrys i przyjaciele".
Przejdź na następną stronę,
gdy usłyszysz ten dźwięk...
Zaczynamy.

Jesień to fantastymatyczna pora na fikanie, zwłaszcza, jeżeli jest się Tygrysem.

Ale pewnego dnia Tygrys nie miał z kim fikać.

Kubuś był zbyt zajęty.

— Wiesz, poszedłbym z tobą pofikać, Tygrysie, ale… muszę policzyć teraz te garnczki miodku, żeby wiedzieć, czy mam dość zapasów na zimę.

Prosiaczek zbyt się trząsł.

— Po-po-po-pofikołkować? Oje-je-jej, a-ale ja przecież jeszcze nie mam drewna na zimę!

— Ha! Jasne, że masz!

— No tak, NTNR. To ja już sobie odfiknę! Huu-huu-huuuu! Tygrys fiknął do Kangurzycy.
— Przeproszę, że zapytam: czy nie byłaby Pani zainteresowana lekkim pofikaniem ze mną?
— Chętnie, ale niestety mam dziś rano bardzo dużo pracy, kochanie. Kangurzyca wymiatała liście. Tygrys odfiknął.

— Ciekawe, dlaczego nikt nie chce ze mną fikać?

Usiadł i wpadł na świetny pomysł.

— I co ja gadam? Przecież nie pytałem jeszcze wszystkich, no nie? Huu-huu-huu-huuuu!

Tygrys fiknął na wielki głaz, który potoczył się przez Stuwiekowy Las…

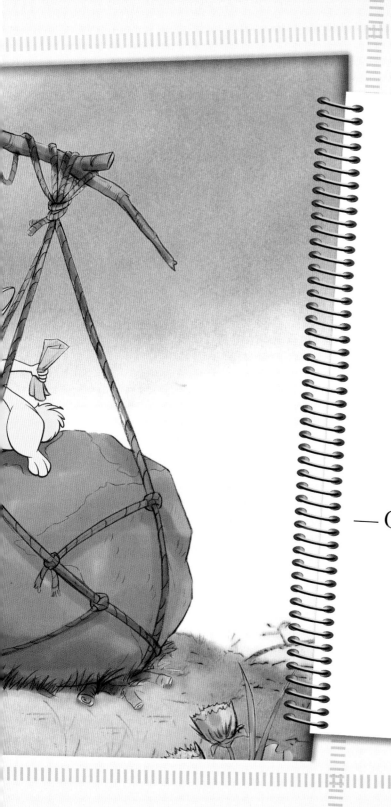

…prosto do domu Kłapouchego.
Królik postanowił usunąć głaz
za pomocą Usuwacza Głazów.
— Trzeba tylko popracować
zespołowo!
Przyjaciele Kłapouchego pchali
i ciągnęli, ale głaz ani drgnął.
— O! Dlaczego nie działa jak trzeba?
Królik spojrzał na Usuwacz.

I wtedy przyfiknął Tygrys. Chciał
pomóc rozwiązać problem.

— Trzeba go będzie trochę
odfiknąć!

Tygrys wykręcił swój hupaj-siupaj-
-łupaj-fik.

— Huu-huu-huu-huuu!

Głaz potoczył się, zabierając wszystkich.

— To mamy go z drogi. A teraz już możemy pofikać! Huu-huu-huu--huuuu!

Ogon Tygrysa fikał, ale Królik…

…nie miał ochoty.

— Spójrz na mój Usuwacz Głazów! Wszystko tylko psujesz, a zawsze jedno ci w głowie — fikanie!

— To potrafię najbardziej.

Tygrys spojrzał na innych.

Kłapouchy westchnął.

— No właśnie. A my nie.

Tygrys powlókł się do lasu.
Maleństwo poszło za nim, bo
nie chciało, żeby taki smutny
i niewyfikany Tygrys był sam.
Ono zawsze miało mamę.

— To nie ma innych Tygrysów?

Tygrys nigdy o tym nie myślał.

— Huu-huu-huu-huuuu! Moja
własna, Tygrysia rodzina!

Tygrys i Maleństwo zapytali Pana Sowę, jak Tygrys może odnaleźć Tygrysową rodzinę.
Pan Sowa powiedział:
— Wracając do tematu, jeśli mogę być szczery, to przede wszystkim radzę Tygrysowi, że, aby znaleźć rodzinę, powinno się najpierw spojrzeć na drzewo genalo-gieno-gie… To znaczy na drzewo rodzinne.

— Moje drzewo rodzinne!
Dlaczego o tym nie pomyślałem?
Dzięki za radę! Huu-huu-huu-huuuu!
Tygrys fiknął na poszukiwanie.
— Uuu-huu-huu-huuu! —
Maleństwo za nim.
— Hej, heeej! Tygrysowa rodzino!
Hop, hooop! Jesteś tu?
Tygrys fikał po lesie.

Żadne Tygrysy się nie odezwały.
Tygrys i Maleństwo wrócili
do domu Tygrysa.
— A może ja się wybrałem do tego
„nie-tędy-drogą"? Trzeba zrobić
dobry krok i odnaleźć jakiś trop.
No i będzie „tędy-droga"!

Maleństwo odtańczyło łupi-siupi-
-taniec.

— Aaa! Aaaaaaa!

Wtarabaniło się na szafkę. Spadło
na nie mnóstwo rzeczy.

— Yyy! Co to za dyndadło?

Tygrys wziął od Maleństwa
medalion w kształcie serca.

— Aaa! To jest właśnie to coś,
którego aktualnie szukałem!
I na pewno ma w środku portret
mojej rodziny calutkiej!

23

Ale w środku
nie było żadnego zdjęcia.
— Jak ja teraz odnajdę moją rodzinę?
Maleństwo zerknęło na biurko.
— Dlaczego nie napiszesz listu?
Tygrys napisał list, który porwał wiatr.
— Huu-huu-huu-huuuu!
No, to teraz zostaje… czekanie!

Tygrys i Maleństwo czekali
na odpowiedź, gdy opadały liście,
i gdy zaczął już padać śnieg.

— To źle nie mieć rodziny, prawda,
mamo?

Kangurzyca zamyśliła się.

— Oczywiście, kochanie. O wiele
lepiej jest ją mieć.

— Wiesz, chciałbym mieć brata
takiego jak Tygrys.

Maleństwo się uśmiechnęło.

— Bo wtedy byłbym młodszym
bratem. I byśmy byli jedną rodziną.

— Maleństwo, posłuchaj… Tygrys należy do naszej rodziny, dlatego, że go kochamy. I zawsze tak będzie.

Kangurzyca otuliła Maleństwo.

— Co mam zrobić, żeby Tygrys już nigdy więcej nie był smutny?

Maleństwo postanowiło, że wszyscy przyjaciele Tygrysa odpowiedzą na jego list.

Przyjaciele pomogli napisać Maleństwu list. Tygrys dostał go nazajutrz.

— Huu-huu-huu-huuuu! Huuu! Tygrys przefikał przez las.

— Spójrz, co dostałem! List do mnie! Moja własna rodzina! Strasznie za mną tęsknią i tu przybywają już jutro! Huu-huu-huu-huuuu!

Przyjaciele Tygrysa nic takiego w liście nie napisali, ale żeby nie było mu przykro, postanowili przebrać się za jego rodzinę.

— Ale… musimy robić wszystko jak Tygrysy! Trzeba stale dużo fikać i wygadywać Tygrysie rzeczy.

Królik nie miał czasu dla Tygrysów. Przygotowywał się na zamieć. Inni poszli do Tygrysa. Tygrys przywitał ich w drzwiach.

— To my, to my, to my!

— Proszę, proszę, proszę! Mamy zrobić tyle do nadrobienia. Nie widzieliśmy się od... yyy...

Tygrysowy zjazd rodzinny był bardzo udany...

…aż Maleństwo zatańczyło łupi-
-siupi-taniec.

— Aaaaaa!

Spadła mu maska, a Tygrys ściągnął
maski innym.

— Ooo, teraz już rozumiem…
To-to miał być żart.

Cóż… Nic nie szkodzi, bo przecież
gdzieś… jest Tygrysie drzewo
rodzinne pełne mojej Tygrysiej
rodziny, więc będę szukał.

Nasze NTNR… I teraz na zawsze!

Tygrys wyskoczył rozdrażniony.
Jego przyjaciele zaczęli sprzątać.
I wtedy zaczęła się zamieć.

Maleństwo rzekło:

— Musimy go znaleźć! Musimy!
Kubuś chciał pomóc.

— Tylko gdzie i jak? Myśl, myśl,
myśl. A! Ekspedycja!

Tygrys zaprzestał poszukiwań.

— Jest potężne i dumne. Każdy
musi przyznać, że to najwspanialsze
paskowane drzewo w całym
Stuwiekowym Lesie! Moje drzewo
rodzinne! Huu-huu-huu-huu-huuuu!
Znalazłem je!

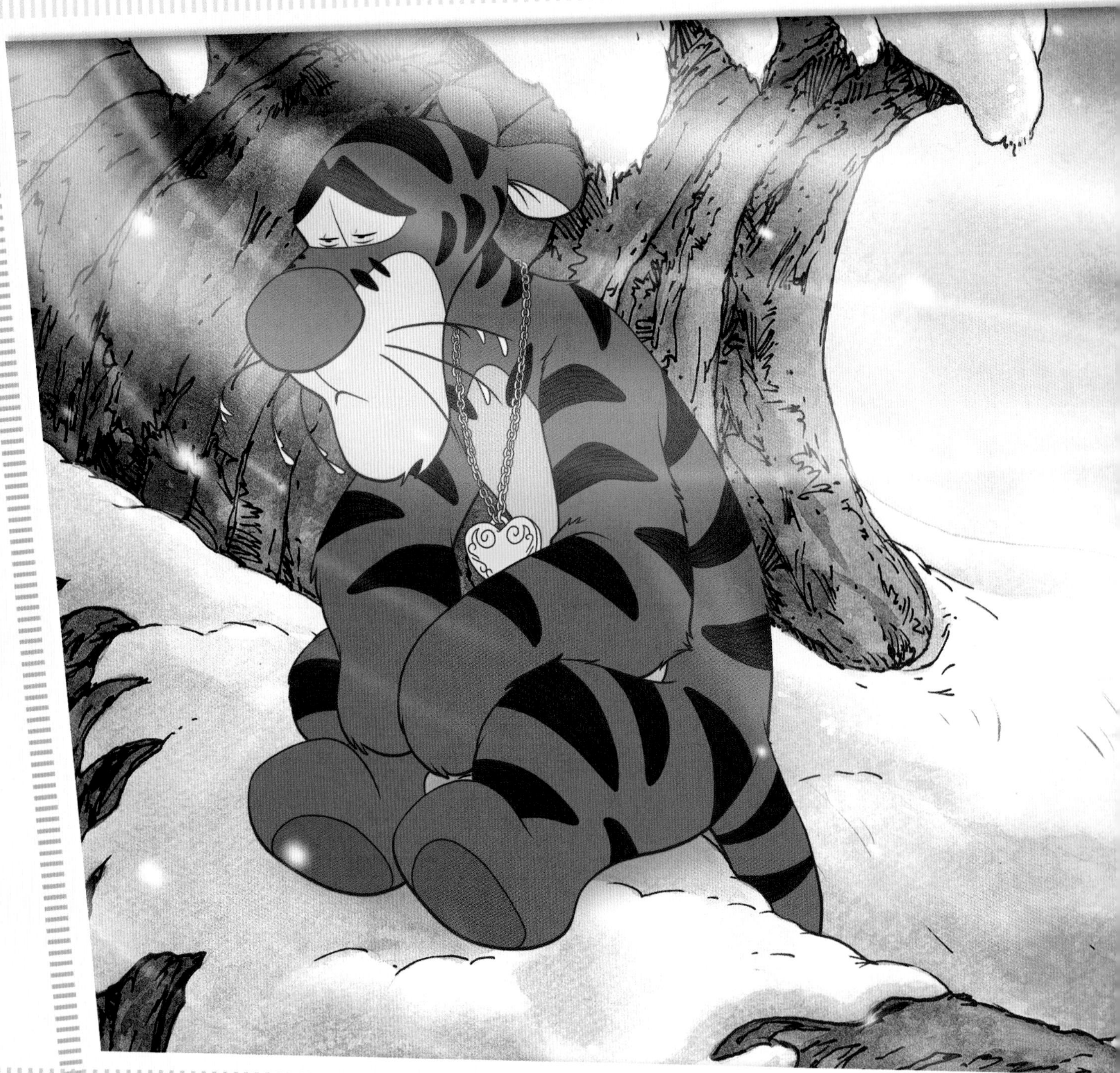

Maleństwo zauważyło Tygrysa
na drzewie.
— Tygrys! To ja, Maleństwo! Jesteś!
Tygrys!
Tygrys nie słyszał Maleństwa,
ale zauważył grupkę idącą
w jego kierunku.
— Cała moja rodzina! Huu-huu-
-huuuu!
Idę do was! Huu-huu-huu-huu-
-huuuu!

Gdy Tygrys sfiknął z drzewa,
zobaczył przyjaciół.

— A-a-a co wy tu robicie?

Usłyszeli coś jakby grzmot.

Prosiaczek przysunął się do
Kubusia.

— Czy to-to-to-to twój brzuszek
tak burczy, Puchatku?

— Nie, nie sądzę.

Nie! To burczała śnieżna lawina!

Tygrys wfiknął wszystkich na drzewo,
ale siebie nie zdążył.
— Tygrysie!
Maleństwo sfiknęło w dół, a potem
znów w górę razem z Tygrysem.
— Aaaaaaaaa!
— Twój hupaj-siupaj-łupaj-cupaj był
naprawdę super-ekstra!
Tygrys był dumny.

Wszyscy zeszli z drzewa
i opowiedzieli Tygrysowi o liście,
który napisali.

— Że jesteście… moją rodziną?

Kubuś przytaknął.

— Możemy ci dać tylko tyle. Jeśli
chcesz.

— No, to wcale nie jest tylko tyle,
hy, hy! To właśnie najlepsze
z najlepszego, huu, huu, huu!

Tygrys się uśmiechnął.

Tygrys wręczył przyjaciołom podarunki. Maleństwo dostało medalion.

— Wszystko, co najlepsze dla najlepszego braciszka.

Tygrys o czymś sobie przypomniał.

— Zapomniałbym o czymś! Potrzebny nam rodzinny portret do środka! Huu-huu-huu!

I ustawił przyjaciół do rodzinnego zdjęcia.

Drodzy Rodzice!

Oddajemy w Wasze ręce książeczki z serii „Czytaj i słuchaj", oparte na znanych i lubianych przez dzieci filmach Disneya.

Bajki na płytach CD z oryginalnymi dialogami i efektami dźwiękowymi z filmów oraz piosenkami, dołączone do każdego tytułu, to zachęta do czytania dla najmłodszych oraz świetna zabawa dla całej rodziny!

W serii ukazały się:

 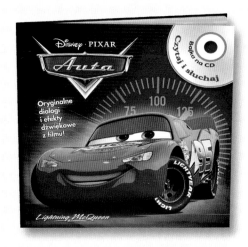